图像小说

Agatha Christie®

东方快车谋杀案

MURDER ON THE ORIENT EXPRESS

〔英〕阿加莎·克里斯蒂 原著

〔德〕本杰明·凡·艾格尔斯巴格 改编　蔡峰 绘

陈洁 译

人民文学出版社
PEOPLE'S LITERATURE PUBLISHING HOUSE

著作权合同登记号　图字　01-2021-1828

图书在版编目 (CIP) 数据

东方快车谋杀案 / （英）阿加莎·克里斯蒂原著 ；
（德）本杰明·凡·艾格尔斯巴格改编 ；蔡峰绘 ；陈洁
译 . -- 北京 : 人民文学出版社，2022
　　（99 图像小说）
　　ISBN 978-7-02-015325-1

　　Ⅰ . ①东… Ⅱ . ①阿… ②本… ③蔡… ④陈… Ⅲ .
①推理小说－英国－现代 Ⅳ . ① I561.45

中国版本图书馆 CIP 数据核字（2022）第 036687 号

责任编辑　　卜艳冰　　杜玉花　　欧雪勤
装帧设计　　钱　珺

出版发行　人民文学出版社
社　　址　北京市朝内大街166号
邮政编码　100705

印　　刷　上海盛通时代印刷有限公司
经　　销　全国新华书店等

字　　数　50千字
开　　本　965毫米×1270毫米　1/16
印　　张　4
版　　次　2021年10月北京第1版
印　　次　2022年4月第1次印刷

书　　号　978-7-02-015325-1
定　　价　88.00元

如有印装质量问题，请与本社图书销售中心调换。电话：010-65233595

1932 年，纽约长岛

1

等一切都结束了。

救命！这里有一具尸体！！！
一具恐怖的尸体！！！

船上有侦探吗？
或许还是最有名的侦探？

布克先生……

哈，在这里抓住你了！好吧，亲爱的，*
我们有多久没见了？十年？竟然能在这
里遇见你！还是在这样一个不可能的地
方。我记得您好像讨厌坐船。

是的，我更喜欢坐火车。我知
道您是豪华卧铺客车的董事，
但我说这话可不是为了讨好您。
我这正准备去乘坐今晚到加来
的东方快车。

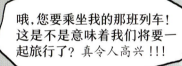

哦，您要乘坐我的那班列车！
这是不是意味着我们将要一
起旅行了？真令人高兴！！！

前提是我得在短时间内拿到一张票。
我还没有预订车票。我刚刚解决了一
个叙利亚海军的案子，原计划是在伊
斯坦布尔好好休息一下，但因为有急
事，我现在不得不马上回伦敦。

哦，每年这个时候那列火车从来
不会满员的。我保证您将得到一
张头等车厢的卧铺票，波洛。我
可以用我的性命担保！

*该字体表示此处原文为法文。后不再出注。

3

对不起，先生！我相信我非常准时，另外冒昧地说一句，我是美国人。

很抱歉，女士，当然在场的除外。

出于同胞之谊，我必须要求您尊重我的同胞的预订，先生。

我的朋友，我不想占用别人的座位……

咔——

时间到了，检票结束。

哈里斯先生错过了他的火车，您可以上去了，我亲爱的伙计。

米歇尔，你能帮波洛先生把他的行李搬到六号车厢吗？

今天就到这里吧，赫克托。

哦，不要忘记写得严厉些，不要写些有的没的。要不留余地。让那个叙利亚的艺术家明白他是在跟谁做交易。我必须收到全款，坚持这一点。

好的，先生。

晚安，先生。

什么情况？
这是哈里斯先生
的床铺。

很抱歉，麦奎因先生，
但恐怕您得与这位先生
共用这个卧铺车厢了。

我深感抱歉，先生。
波洛也无意跟别人共用一个卧铺车厢。

我希望波洛先生
不介意我抽烟。

只是一个晚上。明天这列
卧铺车的董事就会搬去雅
典车厢，波洛先生到时就
会搬去他的车厢。

那好吧。所以，
波洛先生，让我们
服从命运的安排吧。

咔

咔嚓——呜——

咣当
咣当

咣当

咣当

呜

我亲爱的朋友，你知道我最爱这份工作的地方是什么吗？

这里有来自各个阶层、国家、年龄的人，他们会在我的地盘共同生活三天。

我敢说这可是一个绝妙的故事题材啊！我来为这个故事设置一下场景吧。

嗯，第一幕应该怎么开始好呢？或许可以考虑一见钟情！一位高贵的女士和……

……一位豪华卧铺车的董事，如何？……

亲爱的，拜托，可不要把我掺和进去。

一位年老而又富有的沙俄贵族，德拉戈米洛夫公主，对于婚姻骗子来说，可是最佳结婚对象，

但完全不适合来一场疯狂的恋爱……我们毕竟还得考虑观众的感受。

安德雷尼伯爵夫人对我来说脸色实在太苍白了点，但不得不说她跟伯爵看起来相当登对。

他很年轻，但非常老派。如果他是主角的话，你可得为他安排一场为女主的决斗才行。

有了！
我为您的小说起好了书名，

《餐车里的决斗》。

哈哈哈！

我们的故事还得有个反派，一个美国人，这是必须的。面目可憎，就像雷切特先生一样。

表面上虽然看起来彬彬有礼，但在他的体内藏着一头随时要蹦出来的野兽！

哦，不要随着您的想象信马由缰了，我的朋友。但是我不得不赞成……

波洛先生，我的老板雷切特先生想跟您说几句话。

我还是先走吧，这样你可以……

哦，我请求您，亲爱的伙计，请留下来陪我。

我们还没有喝咖啡呢。

请您转告雷切特先生，波洛先生正在和他的老朋友一起用餐，他希望能慢慢享用他的晚餐。

贝尔格莱德到了！
停车半小时！

我必须说，这里真他妈的冷啊。还是印度暖和些。

希望火车不会因为大雪而延误。我在米兰有重要的生意要谈。

您的咖啡怎么样，波洛先生？

没关系，我并不是一个容易耿耿于怀的人。我的助理麦奎因告诉我您是一位侦探，而且还是一位很好的侦探。

您的消息是正确的，先生。

很好。我这里有一份差事给您。

您看，有人想要杀我。

您为什么会这么想?

我有很多的敌人。

我可不是一个懦夫,或其他的什么……

但是我已经受够了那些恐吓信,都让我神经兮兮了,时刻都感觉背后有人盯着我。

报酬非常可观。您可以立马开始工作。我希望知道火车上这些人的信息,越详细越好。

我很抱歉,先生。波洛恐怕不能帮上您什么。

我的人生经验告诉我,每一个人都有他自己的价格。不管他看起来多么高傲。

所以,波洛先生,您要多少钱?两万美元现金?

我已经有足够的钱满足我的生活所需了。我只接我感兴趣的案子。

一位成功的生意人陷入了致命危机中，这个不足以让您感兴趣？

我不是保镖，雷切特先生。

我只有在案件真正发生后才会考虑是否接。另外一个真实的原因则是，请恕我直言，我不喜欢您的长相。

你这个自大的势利鬼……

波洛先生？您新的车厢已经准备好了。布克先生让我向您致以问候。

谢谢，米歇尔，我来了。

我们没什么好谈的。保重。

哐当

哐当

哦，可怜
的人儿!

您需要阿司匹林吗?
我这里有很多。

对不起,
借过!

我的车厢在中间,
3号。

但您私下也同意英国在印度的所作所为吗？

你太感情用事了，麦奎因先生，就跟所有的美国人一样。我熟知那个国家已有三十年。

我可以理解作为一名军人您责无旁贷，阿巴思诺特上校。

嘭

这人可真讨厌。

这该死的雪越下越大了！
我们需要更多的煤炭！

没用的，我们没
办法继续走了。

等一下！

我说了，等一下！！！我还没准备好见人呢！！！

我亲爱的朋友，快点！实在是太糟糕了！那个美国人，雷切特先生，死了！

躺在床上被捅死了！

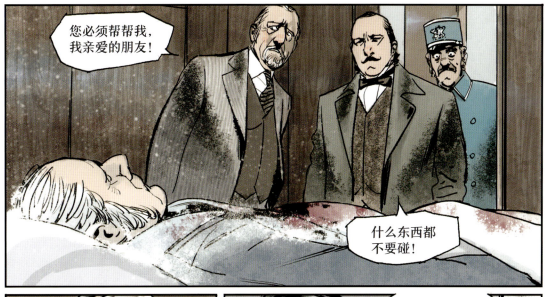

您必须帮帮我，我亲爱的朋友！

什么东西都不要碰！

哦，在我的列车上发生了两件糟心的事。我们先是被困在这雪堆里，现在又发生了谋杀案！

从布罗德开一辆铲雪车过来至少也要几天时间。这就意味着没有警察可以过来调查，我们全得靠自己！

火车上有医生吗？

有，我已经叫人去请了。

我数了一下，共有十二处伤口。其中三处是致命伤。

很乱，像是激情谋杀。

康斯坦丁医生是雅典车厢的，我叫他过来看一下尸体，好为官方提供一些专业意见。

我想我能断定死亡时间是在凌晨十二点到两点之间。

谁发现的尸体？

他的男仆，还有列车员米歇尔。

马斯特曼先生遵照他的指示前来叫醒他，但打不开门，门从里面锁上了。后来男仆找来米歇尔帮忙开门。

但链条是挂上的，所以最后不得不叫火车上的主厨拿来一把刀砍断了它。

您可能认为凶手是从窗户进来的，但是窗户那里没有任何痕迹。

或许凶手借着暴风雪的掩盖使了个诡计。

亲爱的波洛先生，我们需要您。

如果南斯拉夫的警察过来了，而我们还没有找出凶手的话，这整件事就要失控了。

我们被困在这巴尔干半岛的腹地，而这里的长官不知道什么时候会来。

这可能意味着拖延、不便，甚至可能会有针对火车上的乘客的不当指控。

这将是一桩丑闻！

到最后就不会有人再乘坐我美丽的列车了。所以，拜托了，我的工作目前正面临危机。您可得接手这起案子啊！

您对我的信心真让我感动，我的朋友。我会尽力的。不管怎么说，我们是一起被困在这儿了。

谢谢您，我亲爱的朋友。我们随时听您吩咐。

卧铺车在晚上的时候不同的车厢之间不能走动的吧？车厢与车厢之间是锁上的吧？

首先，我需要一张从伊斯坦布尔到加来车厢的平面图，所有乘客的护照及车票。还需要一张表格，上面要列清楚谁跟谁在哪一节车厢。

当然！没有人能在晚上从另一节车厢进入这节车厢。我们是在夜里十二点又过了半小时之后才陷入这个雪堆的。在那之后，没有人可以从车厢离开。

那么就很清楚了。

凶手就在我们中间。他现在就在火车上。

一个凶手？太可怕了。

而且我们还被困在这个糟糕的地方，天知道还要多久。与一具尸体共处一室！我真不该听我女儿的。

我想车厢上没有警察，布克先生？

我们通常都会有一位当地的警员随行，但南斯拉夫这一段没有。

她说，妈妈，东方列车是最漂亮也是最舒适的旅行方式了。哈！

但是我们很幸运，举世闻名的侦探赫尔克里·波洛先生在列车上。作为这列火车的董事，我已经邀请他接手此次调查。

所以只要我们还困在这里，就没有一位执行法律的人员在这列车上了？

所以那位看起来傻傻的矮个子男人是举世闻名的侦探？他算是什么侦探？他是国际联盟的吗？

赫尔克里·波洛先生是比利时人，一位私家侦探，目前虽住在伦敦，但他的事迹遍布各个国家。

我希望在座的各位都能很好地配合他调查。

医生，您看，这个伤口不可能是习惯用右手的人干的。这个角度不对。

但或许是一个左撇子干的？

这就解释了这些伤口为什么如此不一致了。

这个伤口需要有很大的力气才行，它直接穿过了胸腔和胸肌。而其他的一些伤口却像是随意捅了一下，没有那么深。

您觉得这里有两个凶手，一个男的一个女的？

闻了闻。

啊！雷切特先生被人下药了。

这就很好理解现场为什么没有打斗的痕迹了。

凌晨 1:15

这块表一定是被袭击时弄坏的。这显然就是犯罪的时间？

嗯，看起来是。

这门是从另外一边锁上的。

我不太明白，门是从里面锁上的，另外的连通门在另外一侧，而他又不可能从窗户逃走。那么凶手是怎么离开车厢的呢？

这其中肯定使用了什么技巧，就像魔术表演一样。我们的工作就是找出这其中的秘密。

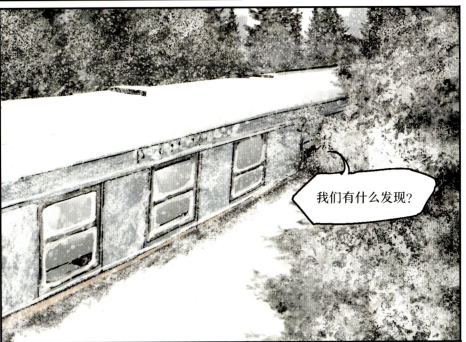

我们有什么发现？

这是一块质地非常好的手帕，很显然是属于一位女士的，而且名字应该是以字母 H 打头。哦，看起来像是舞台剧或是爱情小说的剧情。

还有一根烟斗的通条，看起来也是无意中落下的。男士用品。但是雷切特先生根本不吸烟斗。

烟灰缸里有两支点过的烟。是不同的牌子。其中一支不属于受害者。

找不到凶器。

嗯，的确。我不能确定这些线索是真的，还是伪造的。它们意图指向不同的方向，好迷惑我们。

我确定这根火柴一定是一个真实的线索，因为这是用来消灭证据的。您看，亲爱的医生，我不是一个喜欢寻找物证来破案的侦探，我通常更喜欢从心理角度去分析而不是靠什么指纹。

但这个案件中，物证对我们很有用。

如果我们再这样困下去，会不会被冻死？

我们会合理使用煤炭，以防万一。

这样的事情以前发生过吗？容我说一句，你们早就应该想出办法来阻止这种事情的发生了！

您可不能阻止一场大风雪，夫人。身为卧铺车的董事，我恐怕也不能。

波洛先生想要一个女士的帽盒。

很显然，您也没有能力阻止一场谋杀案。我希望您的侦探在这方面能比您好一点。

夫人，我们很抱歉。波洛先生知道他在做什么。我们向您保证。

哦，这位侦探先生是准备用帽盒来破案吗？他应该先跟我谈一谈！我有很重要的事情要告诉他。

我常常用这个方法来加热蜡。

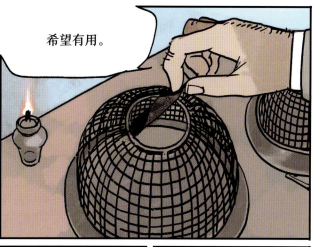

希望有用。

小心，烧掉的纸张上的字迹只能显示非常短的时间。

DAISY ARMSTR
黛西·阿姆斯特

黛西·阿姆斯特？这是什么意思？

这非常有意思。

您在之前的午餐时说雷切特先生是一头野兽？我必须说您说得非常准确，亲爱的先生。

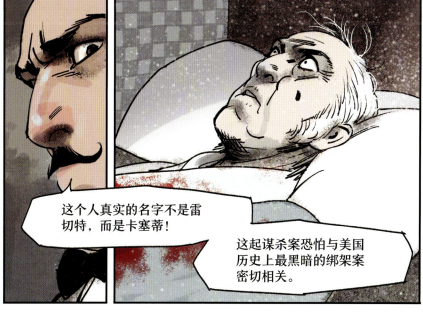

这个人真实的名字不是雷切特，而是卡塞蒂！

这起谋杀案恐怕与美国历史上最黑暗的绑架案密切相关。

那起案件发生在五年前，非常轰动，几乎所有的报纸都报道了。

小黛西·阿姆斯特朗失踪时三岁。

在长岛的阿姆斯特朗庄园被拐走。

她的父亲阿姆斯特朗上校是华尔街百万富翁范德霍特的孙子。她的母亲索尼娅·阿姆斯特朗，是当时最著名的美国悲剧演员琳达·阿登的女儿。黛西对于她来说就是生活的全部。

在阿姆斯特朗交付了赎金之后，他们还是发现了小黛西的尸体。她已经死了两个星期了。卡塞蒂在提出要求之前就已经勒死了黛西。她根本就没有活下来的可能。

阿姆斯特朗太太当时正怀着孕，因受了这个打击，她和腹中的胎儿都死了。而阿姆斯特朗先生也因未能从失去家人的痛苦中恢复过来而自杀了。

小黛西的法国保姆被怀疑是同伙，在绝望中从窗户跳了下来。最后证明她是无辜的。

半年后，这个卡塞蒂作为绑架团伙的头子被逮捕了。这不是他们第一次用这样的方式犯罪。

他被认定有罪，但因程序上的理由，起诉被驳回。背后可能涉及贿赂或勒索。

他很精明，选择离开美国，改名换姓，作为雷切特活着。不然他恐怕早就被吊死了。

恶心！残忍的畜生！如果不是发生在我的列车上，我真想祝贺那个杀手。

可能是犯罪团伙干的，也可能是个人仇杀。这张字条上有案件关键信息"阿姆斯特朗"，我猜是杀手烧掉的。

阿姆斯特朗家的人可还有活着的？

我记得当时读过报道，阿姆斯特朗太太还有一个小妹妹似乎还活着。这恐怕就是我知道的全部了。好了，现在我们该回到所有调查都应该有的中心部分——目击证人询问时间了，先生们。

刚好在我值班的时候发生这样可怕的事情，真是太糟糕了，先生们不会就此判定我是在玩忽职守吧？

没必要担心，米歇尔。请坐！

米歇尔已经为我工作十五年了，他非常可靠、品行端正，是一个诚实的人。

法国人，住在加来。好吧，我们现在就开始吧。一点一刻的时候你在哪里？

一点一刻我正坐在雅典车厢里，跟我的同事聊天，我想当时应该是在讲大雪的事情。之后哈伯德太太按了铃，之后是先生您，波洛先生……

是的，我记得。之后呢？

差不多半小时之后，我给麦奎因先生铺好了床铺，他正坐在那里跟英国的上校聊天。阿巴斯诺特上校回他自己的车厢之后，我也回到自己的座位上。那个时候一定已经到凌晨两点了。我一直待在那里直到早上。

你在过道上看见过任何乘客吗？或者看到不是乘客的人出现吗？

有一位女士曾起来去过一次过道尽头的洗手间。我没有认出是谁，她背对着我。她穿着一件红色和服睡衣，上面绣着龙。

谢谢你。就到这里吧。麻烦你请麦奎因先生进来好吗？

我说起来是他的秘书，但实际上不过是他的翻译。他不会讲其他国家的语言。

您并不为雷切特先生工作。

您这么说是什么意思？我当然是在为他工作。已经工作一年了，虽然我不能忍受他。

雷切特先生的真名是卡塞蒂。是一个绑架犯和杀人凶手。他犯下的最有名的案件是黛西……

卡塞蒂？？？

太难以置信了！我非常熟悉阿姆斯特朗的案子。我父亲就是当时的检查官。我竟然在为那个混蛋工作！

虽然我这样说会让自己被怀疑，但我还是要说，如果有人该死，那就是卡塞蒂！看来他们还是抓住他了。

你这话是什么意思？

最近这两个星期他一直有收到恐吓信，非常简短但击中要害。就比如：我们会干掉你。我常常能感觉到他似乎在逃避什么。

他也曾经向我求助，你知道这件事吗？

向您？我很好奇，波洛先生，坦诚地说，您看来可不像保镖，而更像是……嗯，女士的裁缝。

啊，是吗？

不，先生，我从来没有去过美国。我对美国人可没有什么好感。但不管怎么说，雷切特先生可是一个大方的雇主。

我根本不能想象他会杀死阿姆斯特朗家的小女孩。一个悲剧。所有的报纸都在报道这件事。

您最后一次见到您的主人雷切特先生，是什么时候？

晚上九点，我帮他整理好了晚上需要用的所有东西。我给他拿了睡前服用药，他晚上睡觉的时候需要这个。之后我就回了我自己的车厢。

睡前服用药，里面放着什么东西？

我实在是不知道，先生。瓶子没有任何标签。他因为一封陌生人放在他车厢里的信件而忧心忡忡睡不着觉。他好像有很多敌人，他收到了很多的恐吓信。这就是我知道的全部了。

您跟一位来自意大利的商人共享一个车厢，您或者福斯卡雷利先生在半夜离开过车厢吗？

没有，先生。我牙疼，整晚睡不着觉，一直在看书，直到早上四点。所以我可以很肯定地说，那位意大利先生整晚都在睡觉。我不得不遗憾地说。

遗憾地说？

他打鼾很严重，先生。

我很抱歉，波洛先生，但是您现在必须听我来讲一讲了！

这个凶手昨晚就在我的车厢里。虽然那个不尽职的列车员根本不相信我，但我有证据。

如果是这样的话，夫人，那我们还是去您的车厢看看。

我就躺在这里，心想：天哪，我一定会被杀死。

他要挟了您？他长什么样子？

您问的都是什么问题啊！我根本不知道！那个时候非常黑，我很害怕，闭上了眼睛。但是我能感觉到他就在那里。

如果房间里有一个男人在，女士是能感觉到的！就是这样。

火车停了，周围安静得可怕。我当时想着这火车上的人可能都已经被他杀光了。

我猛按铃，一遍又一遍，最后终于听到有人敲门。我打开了灯。

信不信由您，竟然什么都没有发生。那个列车员，就是那个米歇尔，不相信我说的话。我跟您说过这一点，对吗？

可是夫人，您所说的这个杀手也不可能在火车上凭空消失，对吧？

所以现在你也要怀疑我了，是吗？！如果你们都不相信我，我可会气得像一只黄蜂一样到处去蜇人的！

我不知道他是怎么离开车厢的，但早上我发现了这个。

我特意没有碰它，它一直就在那里。

这是卧铺车厢列车员制服上的纽扣！

我们得跟列车员确认一下，我马上去查。

您有没有检查两个房间之间的连通门是不是闩上的？

它没有闩上，但我确定昨晚睡觉前这门是锁着的。

奥尔松小姐，就是那个瑞典女人，可以证明这点。她从我这儿借走了一片阿司匹林，我当时就让她检查一下门闩，因为我觉得那位雷切特先生很可疑。

那很奇怪，这个杀手是怎么进入您的车厢的呢？

哦，那就是您应该解决的事情了，难道不是吗？

或许奥尔松小姐搞错了，这门可能只是从雷切特先生那边闩上了。

是的，这也有可能。我说不准，那个时候我已经躺在床上了。

至于那个奥尔松小姐，我可不想说她的坏话，她看起来很不错，但她从来都不会是那个人群中最闪耀的人，不是吗？

您刚才说您觉得雷切特先生很可疑？

他有一双非常邪恶的眼睛，非常令人害怕。

您可曾听说过阿姆斯特朗家的案子？

哦，看起来昨天晚上他们干掉他了。雷切特先生就是卡塞蒂，那个杀人犯。

我当然听说过！那个时候所有的报纸都在报道这件事。哦，可怜的一家人。那个可怕的杀人犯竟然逃脱了惩罚。如果让我碰到他……

您说什么！这列火车上发生的事情都太奇怪了！我处在危险中！

魔鬼卡塞蒂竟然就在我隔壁车厢！！！之后杀他的凶手从我的车厢经过！

哈伯德太太，您有没有一件猩红色的丝绸睡衣？上面绣着一条黑色的龙？

您以为我是那种女骗子吗？不，不，我亲爱的先生，恐怕要让您失望了，我的睡衣是粉色的棉质布料。

那就到这里吧，哈伯德太太。您提供的信息对我们的调查非常有帮助。

哦，我相信这条手帕是您掉在餐车车厢的吧？

这不是我的，我的手帕上面绣着 C.M.H，面料很实用，可不是这种华而不实的巴黎产的高级货。

我倒是很乐意看别人是怎么用这玩意擤鼻子的，肯定一塌糊涂。

奥尔松小姐，您之前在伊斯坦布尔是做什么的？

我在一所教会学校做管家兼护士。我正在休假，准备去拜访我在洛桑的妹妹。

您可曾去过美国？

没有，先生。

您最后一次看见雷切特先生是什么时候？

就在我准备跟那位美国太太要一片阿司匹林的时候。

我不小心打开了那扇通往雷切特先生的房间的门。

当时他在做什么？

他在看一本书。我觉得很羞愧，迅速又把门给关上了。

他当时说什么了吗？

他大笑了几声，说了几句话。我没有听清楚。

女士，我必须要求您告诉我们全部的真相，很小的细节都可能是很重要的信息。

他……那个粗鲁的男人说，我……对他来说太老了。

对不起，奥尔松女士，您可能是最后一个看到活着的受害者的人。

哈伯德太太不想告诉我们这起小小的事故，所以我不得不坚持要求您能说实话。

我明白，但那个时候我非常尴尬，所以请求那位美国太太为我保密。

之后您做了什么？

她让我检查一下两个车厢间的连通门，因为那个时候她已经上床了。门是闩上的。

之后我就回到我自己的车厢，吃了阿司匹林后也上床了。

您跟一位年轻的英国女士德贝纳姆小姐共用一个车厢，您或者德贝纳姆小姐在那之后离开过车厢吗？

没有，绝对没有。

我睡眠很浅，如果她从上铺下来，我肯定会醒的。

您或者德贝纳姆小姐有没有一件猩红色的丝绸和服睡衣？

我的睡衣是耶格尔纯毛料的，德贝纳姆小姐的是骆驼毛材质的，在东方会买的那种。

您听说过阿姆斯特朗那个案子吗？

直到今天才听说。

但是大家都在说死者的真实身份。简直难以相信这世上还有这么可怕的人。这足以让人失去信心。哦，那个可怜的母亲。我的心都在为她滴血。

我检查过米歇尔的纽扣，还有其他两位列车员的纽扣，没有丢失的。

他们也证实午夜后不久他去过隔壁车厢找他们聊天。

这可以证明我列车上的雇员没有卷入其中。另外，米歇尔向我保证说哈伯德太太的车厢没有入侵者。他整个车厢都搜过了。

公主殿下，您在那里会冻死的。

不要当我是傻瓜，医生。我们只是在这里呼吸一点新鲜空气。

这里的森林让我想起了年轻时候在俄罗斯度过的冬天。

夫人，我们可以单独问您点问题吗？关于昨天晚上的事情。

希尔德加德已经服侍我十五年了，她是完全可以信任的。

如果您同意的话，殿下？我可以在我的车厢回答先生们的问题。

还有一件事。

我很抱歉，但这次调查不能有任何例外，夫人。

您或者您的主人可有一件红色丝绸和服睡衣？上面绣着一条黑色的龙。

绝对没有。

夫人，您能不能告诉我们昨天晚餐之后您做了什么？可有什么不同寻常的事情发生？

我直接去睡觉了，但因为风湿性疼痛并没有马上睡着，差不多一点差一刻的时候，我叫来了女仆。

她给我做了按摩，又给我读了会儿书。我没法告诉您她离开的准确时间。但那个时候火车已经停下来了。我很抱歉，恐怕我没有什么不同寻常的事情可以告诉您。

夫人，您经常在上层圈子走动，那您是否认识阿姆斯特朗一家？五年前，他们家遭遇了一件悲惨的事。

您说的正是我的朋友，先生。索尼娅·阿姆斯特朗是我的教女。

她母亲——女演员琳达·阿登是我亲密的朋友。一位伟大的演员，全世界最伟大的悲剧演员之一。

没有。但那次惨剧之后她的健康受到了重创，后来一直过着隐居生活。

她去世了吗？

那她的另一位女儿呢？

受害人就是绑架并杀害了您教女的女儿的那个人。

您说什么！这样说来这个世界终于有了……我们进去吧。我想我必须来一杯香槟。

我跟她失去了联系。她比索尼娅要小很多，我对她不是很了解。我想她可能嫁给了某个英国人。但这些跟火车上的谋杀案有什么关系？

您想为一个人的死而干杯，夫人？

这个人最后竟然能逍遥法外，实在难以置信。

如果他不是已经死了，我一定会叫我的仆人把他鞭打致死，这就是我们年轻时会干的事。

我现在是不是成了嫌疑人了，波洛先生？

我很确信您的力量来自您强大的意志，而不是手臂，公主殿下。

我想这条手帕可能是您的？上面绣着字母 H，像是您名字的首字母。

不，先生。这一看就是一位有钱的女士使用的手帕。

我没有钱买这样的手帕，这也不是我女主人的，她的名字是纳塔利娅。

您离开女主人回自己车厢的时候可曾在过道里看见什么人？

是的，先生，一个列车员。我去自己的车厢为公主拿一条毯子，返回她车厢的时候碰到的。

他从中间的一个车厢里出来，差点撞到我。有一个铃一直在响，但他要去的不是那个方向。

一个列车员？但不是米歇尔，那个把你叫醒的列车员？

不是，先生。我之前没有见过这个列车员。

你能认出他来吗？

不，先生，他们都不是我昨晚看见的那个人。

但是火车上只有这几个列车员，你肯定搞错了。

我确信。这些列车员都很高，但我看见的那个很矮，肤色偏黑，长着胡子。

你可曾注意到他的其他特征？

他的声音。他撞到我的时候说了声"对不起"。他的声音听起来非常细，像个女人的声音。

我们可以跳过安德雷尼夫妇，我的朋友？

他们是外交部的人，不可能跟一起谋杀案有什么关系。这也会给我们带来不必要的麻烦。

是的，他们有权利拒绝做证。但他们如果是无辜的，为什么会拒绝呢？

咚咚

先生们，我可以向你们保证我们帮不上什么忙，我们整晚都在睡觉。实在没有询问我们的必要。

我相信您说得对，伯爵先生，但是我仍然有一些小问题，只是例行公事，我需要写进我的报告里。

我想我已经说得很清楚了。我妻子埃琳娜身体不舒服。

让先生们进来吧，鲁道夫，我相信我会没事的。

谢谢您，伯爵夫人。您昨天晚上什么也没听见，是吗？

我坐夜班火车总是会吃一片泰氨钠，一种安眠药。要不然我总是睡不着觉。

您可曾去过美国？

很抱歉，没有。

我在华盛顿待过一年，在我们结婚前。

伯爵先生，也许您认识阿姆斯特朗一家？

阿姆斯特朗？不，我想不起来了。我见过太多的人了。

您的名字很难辨认，夫人，可能是被某个偷懒的办事员油腻的手指印遮住了。

埃琳娜，我的名字叫埃琳娜。

哦，那可能就是这个了。最后一个问题，希望伯爵先生不要觉得有所冒犯。

您的睡衣是什么颜色？

玉米色的雪纺绸。为什么这么问？

哦，我们侦探总是会问各种各样的问题，夫人。我想我不应该再打扰您了。

不要再哭丧着脸了，布克。我的讯问不会引发什么外交事故的。来吧，现在让我们跟那位意大利的先生谈一谈。

嘭

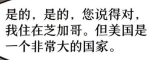

是的，是的，您说得对，我住在芝加哥。但美国是一个非常大的国家。

我并不知道这位卡塞蒂先生或者阿姆斯特朗家的人。这是一场悲剧，但事情总是这样。

福斯卡雷利先生，您难道不同意凶手的手法，反复的刺杀，可能表明这个凶手是个充满激情的地中海性格的人？

芝加哥不正是意大利黑手党的老巢吗？

你……所以你认为我是那种黑手党杀手？哈哈哈，你真该去写地摊小说，我的朋友。我是一个生意人。我卖汽车。我连一只苍蝇也没弄死过。

或许应该由我来问问题。

所有的意大利人在你们看来都一样，嗯？我们都是油腔滑调的割喉的杀手，啊？你们这些势利的法国佬！

请收回你的话，你这个……

拜托了先生们，请注意言辞！

请原谅，福斯卡雷利先生。从现在开始，我们应该实事求是。马斯特曼先生说晚上九点之后他跟您都没有离开过车厢。

是的。

我睡着了，但是时不时就会醒来。那个英国人整个晚上都在看书，抱怨他的牙疼。如果他开过门，过道里的灯光会把我照醒的。

我再说一句，芝加哥的黑手党更喜欢汤普森冲锋枪，而不是刀子。

嗒嗒嗒！！！

至少电影里是这么说的，哈哈哈！

我不喜欢意大利人。

不会吧？他的不在场证明可是板上钉钉的。

另外，这不是什么地中海式的冲动犯罪。

这明显是一场精心策划的冷静的谋杀，像是出自盎格鲁-撒克逊人的头脑。让我们来跟剩下的两位乘客谈谈吧。他们都是英国人。关于他们我还知道一些情况，但我还没告诉你。

是的，我当时在麦奎因先生的车厢里，直到大约两点才离开。

我们的谈话非常愉快，虽然他是个美国人。但不管怎样，之后我就去睡觉了。关于昨天晚上，恐怕我所能奉告的只有这些。

阿巴斯诺特上校，您是否认识一位阿姆斯特朗上校？

私下没有来往，但我听说过他。好像是个很不错的人，非常受欢迎，曾被授予维多利亚十字勋章。

昨天晚上被杀的那个男人就是杀害阿姆斯特朗的女儿的凶手。

那我不得不说他是罪有应得了，嗯？虽然我更愿意看到他在法庭上受审被判绞刑，或者像美国人做的那样，被送上电椅。

所以您是相信法律，反对私下复仇？

我们不能像科西嘉人或者黑手党那样到处刺杀对方，进行仇杀。这对我们的未来有什么好处？显然由同僚组成的陪审团更为公平。

您是在哪里认识德贝纳姆小姐的？

认识恐怕还谈不上。我们是在去往伊斯坦布尔的火车上遇见的，交谈过几次，仅此而已。

您看，上校，这起凶杀案很有可能是一个女人干的。作为与她同行的老乡，您觉得她是个怎样的人呢？

她是一位真正的淑女。她不可能如此残忍地刺死一个陌生人。我向您保证。

我相信您所说的一定是真心话。

我不知道您在说什么，先生。

我是说我碰巧在穿过博斯普鲁斯海峡的渡船上偶然听到你们的一次谈话，听起来你们很亲密。

我们的谈话跟您一点关系都没有！

德贝纳姆小姐，上校不愿意告诉我们真相。或许您可以帮助我们。

您在怀疑我们？为什么？奥尔松小姐已经告诉你，我整个晚上都在车厢里，跟她一样。正如上校所说，我们几乎不认识对方。我跟这件事情没有任何关系。

这件事情？哪怕您是一位冷漠的英国女士，您也显得太无情了。这可是残忍的谋杀。受害者身上被刺了十二刀。您想想吧。

我恐怕不能用歇斯底里的方式来向您证明我的体恤。毕竟，每天都有人死去。

你在撒谎，女士！

你怎么敢!

在博斯普鲁斯海峡的渡船上,上校叫你玛丽,并想吻你。你说:不,约翰,等一切都结束了。

你是怎么知道的?

等一切都结束了,小姐?是杀了卡塞蒂之后吗?

不,当然不是!我说的完全是另外一件事。但很抱歉,我不能告诉你是什么事。

但你得相信我我没有撒谎!

我们很快就会知道了。

你这个狂妄自大的比利时小矮子!不准动玛丽!否则我会把你身上的骨头都打碎!

先生!

?!

搞什么鬼?

这正是我们需要的!我会马上调查。

过来,玛丽。我们的事情跟任何人都无关,他连警察都不是。

对不起,董事先生。有个人不小心用铁锹碰到了电线。

救命!

???

46

刀！我发现了这把刀。它在我的化妆包里！

米歇尔，在哈伯德太太晕倒前赶紧给她来一杯白兰地！

康斯坦丁医生，您怎么看？受害者身上的伤口是不是这把刀刺的？

是的，我想就是这把刀。这肯定就是杀人凶器。

哈伯德太太，您是在您的化妆包里发现它的？

是的。我实在太震惊了！我女儿肯定不会相信我竟然碰到了这样的事。这次旅程碰到的惊吓是没完没了了吗？

肯定是凶手穿过您车厢的时候塞进去的。

看起来昨天晚上有两个神秘的陌生人上了火车。一个是矮个子列车员，一个是穿着和服睡衣的女人。他们会是同一个人吗？

还是一个乘客伪装成了刺客，一个男人或者女人？也许有两个凶手？那件丢了一颗纽扣的制服，还有那件猩红色的睡衣又在哪里呢？

这一切都很令人困惑。

是吗？是时候搜查乘客的行李了。您能跟列车员一起负责一下这件事吗？

您完全可以信任我们。这个时候您准备做什么呢？

我要出去散个步，把收集到的所有证词都捋一遍。

我们现在必须把所有的事实过一下。这些证词没办法通过警察的常规方法来验证真假。

这使得事情变得更为复杂，需要动用灰色脑细胞。而我，可是从来不走寻常路的。

你打算现在就把我身上的骨头都打碎吗？

不，我想单独跟你谈一谈。

我必须为我之前的无礼向你道歉。原因很敏感，无论如何都不能让别人知道。

好吧，上校。我保证我会守口如瓶，只要它跟案件没有任何关系。

我跟我妻子结婚十八年后，她有了外遇。所以我提出了离婚。

之后我遇见了玛丽……德贝纳姆小姐。我们坠入爱河，准备结婚。一旦我的妻子发现了这件事，她就会进行反诉。

我会失去一切的。这就是我们在渡船上谈论的内容。

波洛，快点过来！我们发现了制服！

我发誓我真的不知道它为什么会在我的箱子里。

我是无辜的。您得相信我，先生。

冷静一下，施密特夫人。我已经猜到了这一点。这起案子里充满了误导我们的线索。

那是列车员的钥匙，可以打开火车上任意一扇门。

凶手肯定是趁她跟公主在一起的时候把制服放进了她的行李箱。

有了这把钥匙，不管有没有上锁，他都可以穿过连通门来到哈伯德太太的车厢。

下面我们只需要找到那件猩红色和服睡衣。我可以猜一猜，它可能藏在某位男士的行李箱里。

可是我们把所有的行李箱都搜查过了。

我建议我们休息一下。晚餐马上就供应了。

我敢肯定，在那场惊吓之后你不会介意来一顿美味的晚餐吧，施密特夫人？身为一个好厨师，我相信你一定觉得东方快车上的饭菜还不错，不是吗？对我来说，我觉得非常可口。

是的，我想的确很不错。但是我的女主人们总是希望从我这里吃到更好的。

哦……

我马上回来，先生们。我需要去拿香烟。

哦，哦，某人非常有幽默感。

这里越来越冷了。

的确，我们都要冻死在这里了。

很显然，没用的铁路公司至今都还没有修复电力设备。

我必须承认，亲爱的医生跟我都卡在这里了，这些证词像线团一样理不出头绪来。

那你们一定没有仔细听那些谎言，但它们同时也无意中告诉了我们真相。

我已经有答案了，可以解释所有的事情。

什么？真的？我从不曾怀疑你是个天才，波洛！告诉我，是谁干的？？

警察来之前，我不会公布的。这样更安全。

进来。

你为什么一个人坐在黑暗里，我的朋友？我们都在餐车，你为什么不加入我们呢？

有同伴就不会让你的骨头都冻僵了。德拉戈米洛夫公主为我们大家准备了一些茶。

谢谢。

这是我的手帕。在俄语字母中 N 看起来像拉丁字母 H。你没有问我，我也就没有提起。但我不知道它为什么会出现在卡塞蒂的车厢里。

我没有提起海伦娜的真实身份，是不想把她牵涉进来。

您也没有说您的女仆是您教女家里的厨师。

不是吗，施密特夫人？

安德雷尼伯爵夫人，您那时在美国的保姆叫什么名字？

她的名字是——弗里伯德太太。一位年长而又严厉的女士，高个子、红头发。

但是德贝纳姆小姐既不老也不是红头发。

我不明白你在说什么……

在伦敦有一家叫德贝纳姆 & 弗里伯德的商店。很显然我们迷人的伯爵夫人对这家店很熟悉。因为刚才她绞尽脑汁想要编出一个名字时，想到德贝纳姆，脑子里第一个跳出来的名字就是弗里伯德。

你把这个称为证据？看起来更像是猜谜游戏！

你跟德贝纳姆小姐试图隐瞒你们之间的关系，或许是因为并不是只有你们而已？

麦奎因的父亲就是让卡塞蒂逃脱了的检察官。伯爵夫人是阿姆斯特朗家的亲戚，公主是他们的朋友。这些难道只是巧合？

昨天中午，布克先生注意到我们这节车厢里几乎涵盖了各个国家各种阶层的人。还会在什么地方有这样混杂的人群？

只有在美国这样一个大熔炉的社会里。在像阿姆斯特朗这样有钱的家庭里就非常有可能。就像在一出戏里，我为你们每一个人在阿姆斯特朗家的悲剧中分配了一个角色。结果非常令人满意。

一系列看起来非常不可思议的巧合背后都有刻意的设计。没有其他的可能。

如果你们所有的人都牵涉其中，那些看似密不透风的不在场证明就不再成立了。在这个前提下再审视事件的先后顺序，就出现了一块完美的镶嵌图案。

马斯特曼的谎言太显而易见了。一个在枕头下放一把上了膛的左轮手枪的人是不会服用安眠药的。

每年这个时候通常是空的火车，竟然满员。麦奎因先生车厢里的另一个铺位是留给一个并不存在的哈里斯先生的，这样就没有陌生人来挡他的路了。

然而，我，波洛，意外地出现了。

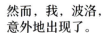

啊

既然卡塞蒂被下了药，晚上 12 点 37 分把我惊醒的那声尖叫就不可能来自他。

没事，我按错铃了！

据此我推断，是麦奎因先生在半夜 12 点 37 分故意尖叫了一声。而为了我的缘故，他特意用法文致歉。他又做证说雷切特先生不会讲任何外语。

所以是特意设计让我听出来这不是雷切特在叫，而去进一步推断这就是谋杀的时间。如此一来，每个人都有了不在场证明。

坏掉的怀表显示的就是谋杀的时间？

看起来也太完美了，根本不像是事实。真正的谋杀是发生在之后。就在凌晨两点之前。你们没有一个人有不在场证明。

咔嚓

你们想让卡塞蒂知道他是因为什么罪行而受到惩罚。在他被杀害的前一晚，你们在他的车厢里放了一封信，威胁要报复他对阿姆斯特朗一家犯下的罪行。

所以这封信之后必须销毁。

而我作为意外出现的乘客，逼得你们必须即兴表演。

那位穿着猩红色和服睡衣的神秘陌生人，哈伯德太太与列车员的争论，出现在她车厢里的凶手，等等。

在这出戏剧里唯一一个没有不在场证明的人是哈伯德太太。这需要一个世界级的女演员来扮演一个头脑简单、多嘴饶舌的美国家庭主妇。

但是阿姆斯特朗家族中正好有这么一个人——女演员琳达·阿登，阿姆斯特朗太太的母亲！

精彩！你破解了这个案子，波洛先生。但你也不要太自负，我们在谋杀方面没有任何经验。

我们都是被法律抛弃的守法公民。你呢？你也是人类的一分子吗？还是只是一台只在最后吐出结果的计算器？计算器又有多擅长判断结果呢？

法律保护我们所有的人，不管这个人有多卑鄙！

的确！法律毫无疑问已经判定卡塞蒂有罪。我们只是纠正了一个错误，并执行了判决。

你们没有这个权利！

道德是一种文化潮流，法律也是。当正义失败的时候，我们难道没有义务去纠正它吗？不然我们就仍然活在中世纪或者石器时代的法律之下。

你把你们私下的复仇称为进步？难道不是法律使我们不再像黑暗时期的野蛮人那样生活吗？

你难道没有心吗，波洛先生？你难道就没有孩子吗？

谁在乎他是怎么想的。他本来就不应该出现在这里。

那么请允许我退出此案。

在未来很长一段时间它都会不断折磨我的良心。

对你们也是。

蔡峰
Chaiko

　　蜚声国际的年轻艺术家，集绘本画家、漫画家、动画导演等多重身份于一身。2008年，他的多部作品在法国出版，并获成功。2013年起又旅法创作漫画，与多家法国出版社合作，成功在法国、瑞士、比利时、德国、意大利、西班牙、荷兰、美国、中国等多个国家出版作品。国内已出版图像小说《悟空传》《朝九晚五》等。

本杰明·凡·艾格尔斯巴格
Benjamin von Eckartsberg

　　1970年生于德国，1993年开始成为自由插画师在慕尼黑工作，为出版机构、影视、广告、杂志创作插画。
　　他的第二个爱好是作为图像小说编剧，享受与其他艺术家的合作。